Un soir,
à l'heure où la ville rêve…

MOMENT SERIES

L'épopée d'Yido

amaterra

Yido se réveilla.

Il lui manquait quelque chose.

Es-tu descendu ?

Nous avions dit que nous resterions ensemble.

Es-tu en train de lire sans moi ?

Impossible, même si nous n'avons pas encore tout lu !

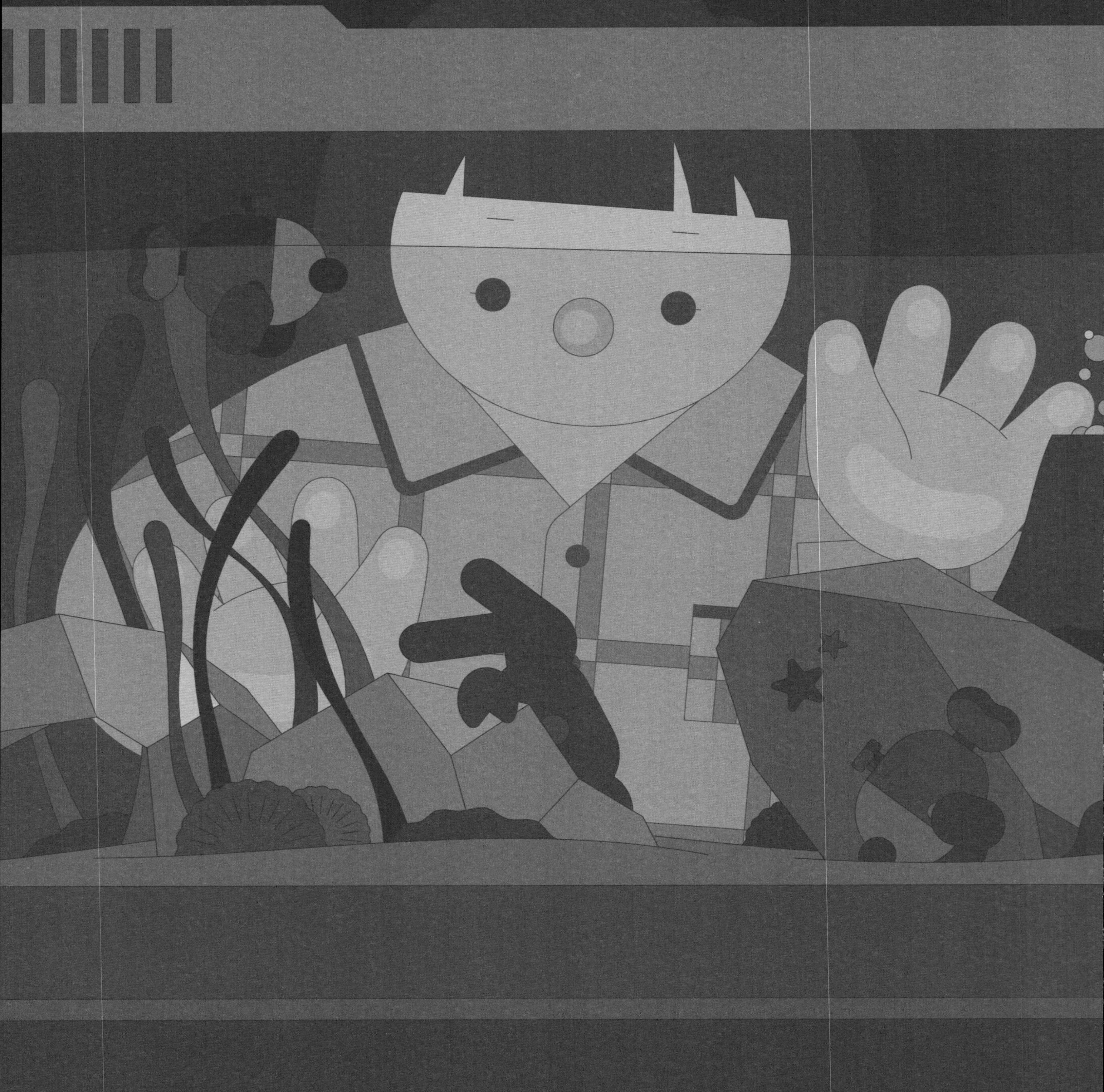

Une fois, tu m'as dit que tu aurais voulu être un poisson.

Où es-tu Léo ? On ne joue pas à cache-cache en pleine nuit !

Je n'ai même pas compté jusqu'à 10.

À cause de toi,

je mets le bazar partout.

Reviens !

Nous partirons en safari-photo, c'est promis.

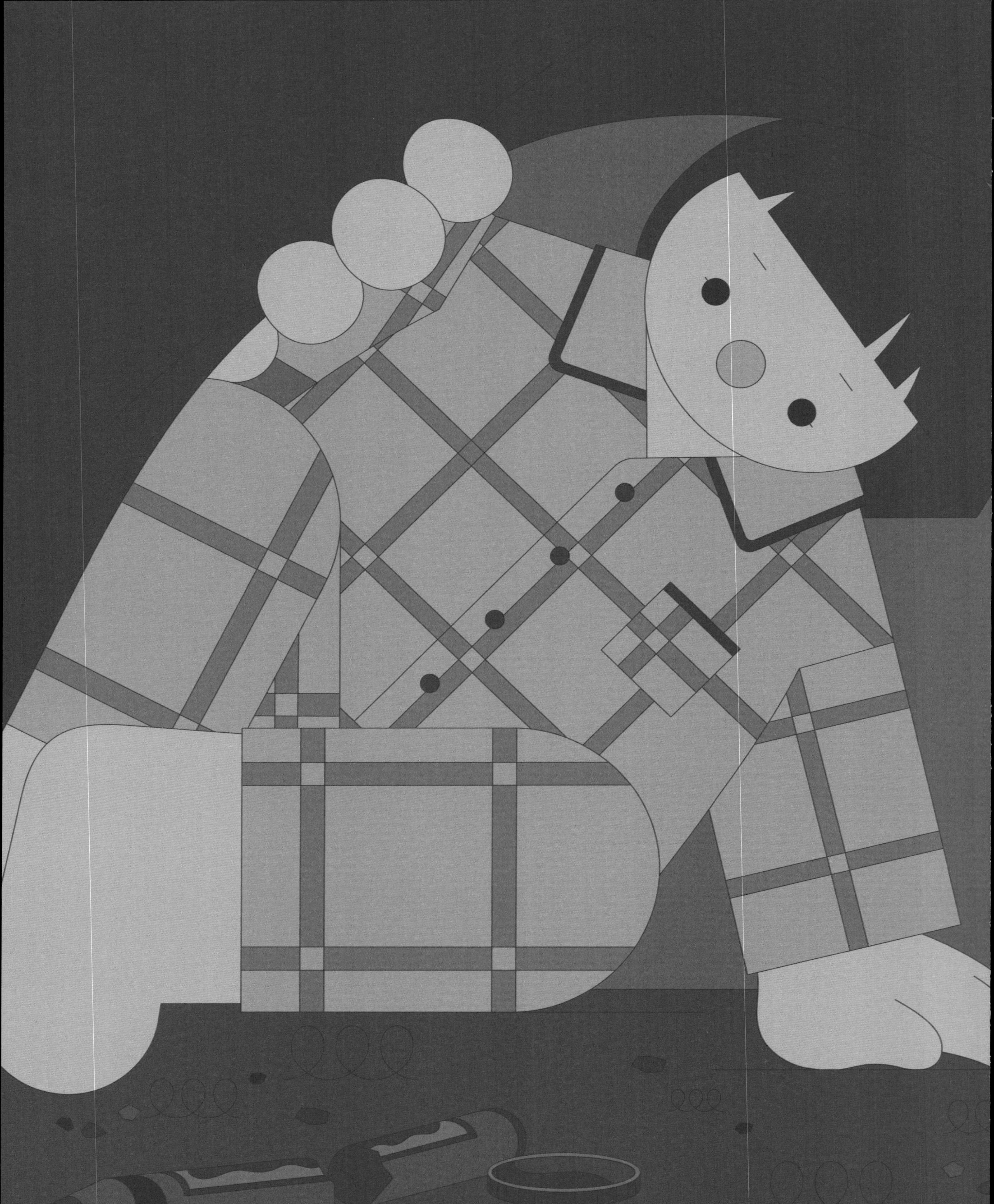

J'arrive Léo ! Je te sauverai.

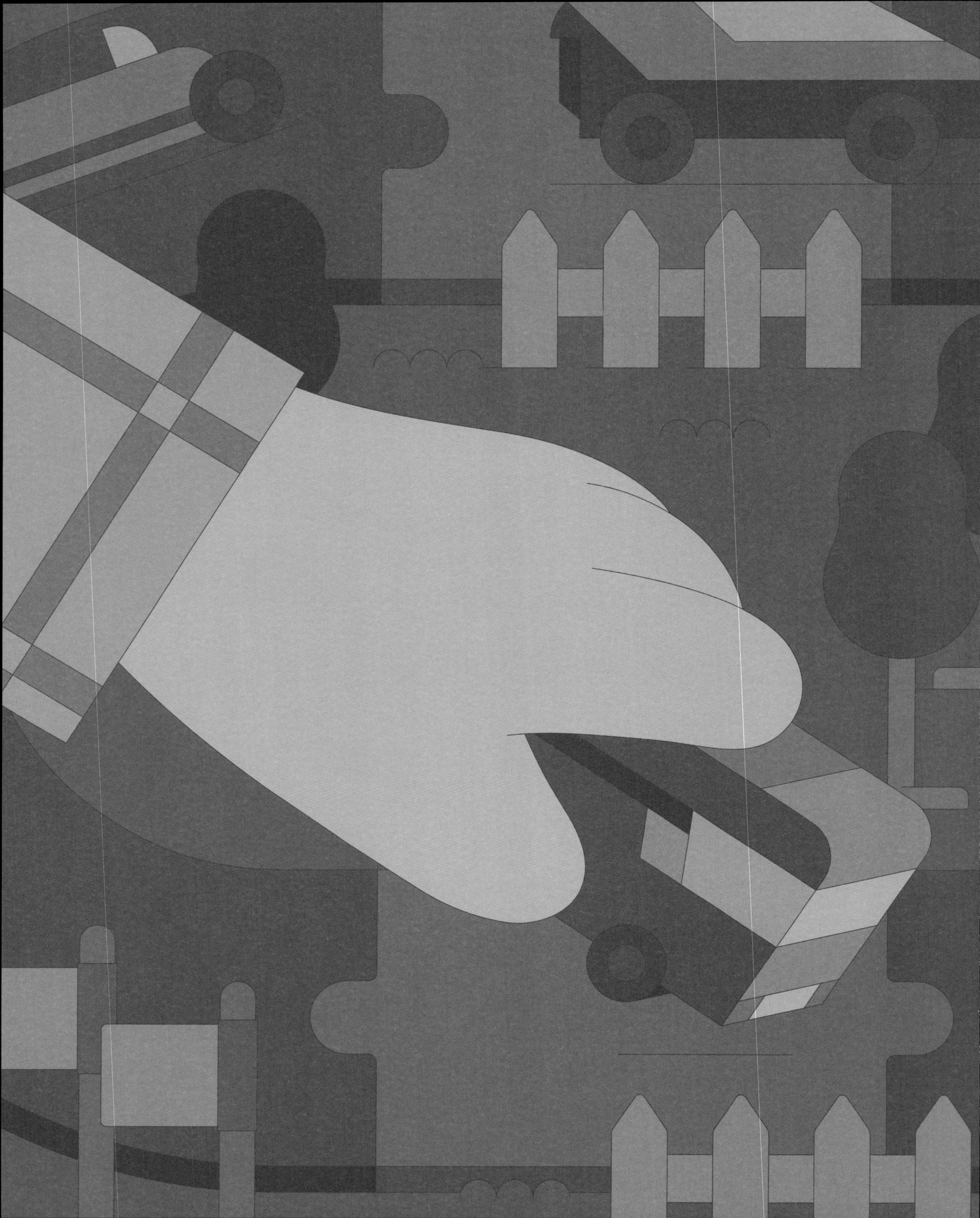

Ou alors tu veux jouer à la course ?

Attention, je suis plus rapide que toi.

Oh là là, Léo ! Je n'ai plus d'idées.

Je ne sais plus où te chercher.

Ah ! Je me souviens ! Un jour, tu m'as dit :

Yido, si tu rencontres un problème, prends de la hauteur.

D'ici, je vois tout. Et même ta cachette !

Prépare le calumet de la paix. J'arriiiiive !

Ah ah ! Tu es sûrement dans notre tipi.

Tranquille, au milieu de la grande prairie.

Bon, tu as dû t'envoler ?

Après tout, tu as tout le temps la tête dans les nuages.

Donne-moi un indice, Léo !

Tu exagères. Cela devient trop difficile.

Mes paupières sont lourdes.

Et mes amis moutons veillent sur moi.

Ne bouge pas Léo !

Je fais juste une petite pause.

Bonne nuit Yido !